/ # lição invisível

capa e projeto gráfico **Frede Tizzot**

encadernação **Lab. Gráfico Arte & Letra**

revisão **Paula Grinko Pezzini**

© Editora Arte e Letra, 2024

C 710
Collin, Luci
Lição invisível / Luci Collin. – Curitiba : Arte & Letra, 2024.

96 p.

ISBN 978-65-87603-82-7

1. Contos brasileiros   I. Título

CDD   869.93

Índice para catálogo sistemático:
1. Contos: Literatura brasileira   869.93
Catalogação na Fonte
Bibliotecária responsável: Ana Lúcia Merege - CRB-7 4667

Arte & Letra
Curitiba - PR - Brasil
Fone: (41) 3223-5302
www.arteeletra.com.br - contato@arteeletra.com.br

Luci Collin

lição invisível

contos

exemplar nº 091

Curitiba
2024

Nº0

a dupla síndrome

Ao falar de literatura espanhola, Luiz Buñuel dizia que, se a Espanha fosse um dos grandes centros artísticos do mundo, como Paris, Londres, Nova Iorque, Moscou, o romancista espanhol Benito Pérez Galdós seria mundialmente reconhecido como os russos Dostoiévski ou, no mínimo, Máximo Gorki. No Paraná, vive-se a síndrome de duas cabeças: de um lado, essa insuportável timidez de planalto frio de vertentes autofágicas e, de outro, a distância das exibições notórias de âmbito nacional. Se não fosse assim, um talento como o de Luci Collin já teria a atenciosa consideração dos cadernos culturais dos grandes jornais do país.

Dir-se-á que Wilson Martins e Dalton Trevisan são reconhecidos. Não há dúvida que as exceções existem e são inteiramente explicáveis. Wilson Martins remanesce com a sua constância e obstinação, sem fazer concessões a quem quer que venha apresentar sua obra ao público ou à crítica, de modo que hoje é felizmente adotado como o grande crítico literário do Brasil, até pelos ressentidos. No caso de Dalton Trevisan, houve um encantamento com a raridade da qualidade do seu trabalho.

Em todos os bons exemplos, não será cruel constatar que esse fenômeno ocorre em função da notoriedade internacional? Não é o que se constata na ciência, por exemplo, com Izrail Cat e Newton Freire Maia, entre outros? O Brasil nas letras e na política é, às vezes, desagradavelmente provinciano. Não pode haver qualquer dúvida para qualquer observador mais avisado.

Mas e Luci Collin? A autora consegue ter uma linguagem fluente, escorreita – e este é um denominador dos bons autores da literatura –, ter um vocabulário de bom gosto e contenção, ter imaginação extraordinariamente original e, *last but not least*, humor raro entre as expressões de vanguarda. Só por isso, ou melhor, por tudo isso, a sua obra *Lição Invisível* se destaca como trabalho de qualidade da nova literatura que surge no Paraná.

Eduardo Rocha Virmond
Secretário de Estado
da Cultura do Paraná – 1997

sumário

Errata...............**11**

Tantos de um dois...............**15**

Os ossos e o ofício...............**21**

A conversão do rubi...............**37**

No princípio are o Verbo...............**43**

O princípio feminino e o herói...............**51**

Roteiro para um verão que se passou...............**59**

"Identidade, por favor"...............**65**

As folhas depois que caem...............**71**

O inominável sermos nós...............**77**

Datilografia do vasto talvez...............**85**

Caleidoscópio...............**91**

Sobre a autora...............**95**

naturalmente aos bisões

errata

Os circos são formados por ilusionistas, palhaços e animais amestrados. Desde a Grécia mais antiga, vêm servindo como diversão à grande sorte de elementos e não apenas ao povo, como se prega aos desavisados.

Ao contrário do que se pensa, a entrada para o espetáculo é franca (ou mediante a irrisório, simbólico pagamento). Sendo esta uma Companhia que preza a qualidade máxima de sua representação, é com profundo pesar que anunciamos que o programa que você, caro/a espectador/a, ora segura suavemente entre os dedos (o qual lhe foi entregue, logo na entrada, pelas moças bonitas) foi impresso com alguns, como dizer... pois bem, "erros". Justiça a ser feita, o problema foi todo causado pelo datilógrafo um pouco distraído. Há pois modificações – pequeníssimas, acrescentemos – a serem efetuadas.

Em princípio, amigos da Casa, onde se lê "frivolités", leia-se, por favor, "a mensagem é o meio"; onde "Norma Jean Baker", leia-se "a Marilyn Monroe"; e onde "é mais que evidente que eu te amo" leia-se simplesmente "são deveres do vassalo". Erramos, sim, erramos: onde se lê "Le Përe Noel", leia-se "Billy Holliday" e onde "Mr. Smile", esqueça. Que sirva talvez como conforto a vós todos o fato de que o datilógrafo há pouco mencionado (Anselmo) já foi despedido. Entretanto, sentimos deveras que as incorreções não tenham parado por aí. Contando com vossa graciosa colaboração, onde se lê "Mary Pickford, a namorada da América", leia-se "os cínicos são filósofos dos séculos IV e III a C." (o escriturário que veio a substituir o datilógrafo distraído não estava inteirado da moderna filosofia – já não trabalha mais conosco); onde «fun in the sun" leia-se "a conta da água já venceu" (essas foram negligências confessas do copiador, por isso e apenas isso afastado imediatamente pela Administração). Por total distração do domador, onde deveríamos ler "movimentos patologicamente induzidos" escreveu-se "as divas da Belle Époque" e, onde se disse "domador", queiram por gentileza ouvir "redator" – um lapso quase que imperceptível mesmo meu. Por uma questão de melhor adequação vocabular, seria mais aconselhável substituir "Theda Bahra" por "Santo Agostinho já dizia", o verbo assentando melhor após tal sujeito. Infelizmente o novo escrivão deixou-nos outras retificações a serem feitas, pois bem: "sonho de uma noite de verão" por "deposite na minha conta"; por uma questão de bom-tom aconselhamos também a pequena mudança de "mais oui" por "pt. sds." Leia--se "Ladeira do Repolho" onde erroneamente (escusas) foi impresso "Deauville". A expressão "latin lover" cederá lugar para "a saída é pela lateral". Paris "está em chamas" é mentira porque na verdade "é uma festa", apenas o escriba é que não sabia. O esperado nem sempre acontece e o impressor acabou por escrever "Maria Callas" onde estaria "Declaração dos Direitos dos". Caríssimos, "vai te cair como uma luva", favor substituir por "vai ser um tapa de luva". Falha professa do escrevente, onde se grafou "fui rocker em 55, beat boy em 63 e psicodélico em 67" se pretendia dizer "tô cansado".

Pedimos mais um centímetro de sua paciência para compreender que a expressão "zero à esquerda" torna-se agora "níqueis no porquinho" ou "ab absurdo". O copista devia estar com mais uma daquelas suas conjuntivites corrosivas para ter cometido tal atitude imperdoável. Seguindo as modernas tendências do mercado, melhor renovar "nossos comerciais" por "socorro".

Para finalizar, (falha desculpável do escrevedor) onde se lê "avant-garde" leia-se, por gentileza, "no words".

Onde (parágrafo primeiro) se leu "Os circos", substituir pelo que desejar, adicionando sal ou açúcar a gosto.

Onde se lê "xzwqk pjgzz wqtkzz" leia-se "o incrível é a verdade" (acredite se quiser) ou é melhor tirar os óculos para perto. E não assistir a esse espetáculo.

tantos de um dois

Ce soir nous jouons sans public.
P. Éluard

Dias de uma estação pretensamente compreensiva, nós aquele amor vagabundo bem-feito no tapete da sala vazia, entre almofadas encardidas, grandes, inocentes, imortais.

As cortinas são olhos vegetativos, cúmplices (fantasmas e inexistência, que não havia cortinas), vizinhos invejando as cenas que escorriam lenta copiosamente, se houvesse seriam por certo brancas intrinsecamente corporificando um aceno, o algo maior escondido, o suave qualquer entre o sólido sim e o volátil. Rostos e panos; este aquele retábulo mais que insondável. Insetos sobrevoando. Estantes, feito muralhas, onde nos livros sentenças aprisionadas. Esse o cenário e eu queria ser um engenheiro de estruturas como o seu marido. E era só um estudante de obviedades naturalmente de óculos, sem as habilidades específicas. Mas não era. Era um cardeal menos as vozes, um aviador em terra firme. Conduta de camaleão viciado, hábito de não se saber, réptil da família dos lagartos, capaz de mudar de cor. Que importa se lírico ou pálido?

Queria ser um motoqueiro rude para andar pernas abertas, cuspir, sentir pena da minha própria pessoa jamais. Era um monge shaolin com uma rosa esculpida nas costas. Acho doía muito. Você bocejava. Era eu. Você gemia. A tarde sofrendo de febre é uma noite cansada sufocando de intempéries, de frases mal articuladas, imobilidade, movimento, calor frio. A estampa do sofá flores pequenas suas mãos velozes. Há flores falsificadas por todo o apartamento por todo o continente. Esse perfume. Nosso depois de amanhã. Seu bigode de gaulês me arranha, tomando meus pedaços delicados demonstra que quem dita os preceitos é você. E nunca: o meu bigode de gaulês maior desfecha qualquer questão iminente e nós duas colegiais fumando escondido num cinema no banheiro do colégio sem a freira perceber o olhar diferente. Segredos; por dentro um beijo.

Eu flutuando entre destino e deixa estar, entre a consciência selvagem e a sequer. Eu quando sou gente nenhuma; esse no escuro tocar você. Às vezes o discurso fácil (penso a que ponto cheguei!). Figura de frases mofadas, pó, toda de gorgorão de seda. Nós: algarismos mais sangue arterial e venoso mais reflexos condicionados mais ar, desmesuradamente desse elemento ar. Prazer em revê-la. O prazer foi todo meu. Prazer em revê-lo. Pois não. Venho morando num castelo japonês do ano dois antes da era. Fica no alto concreto depois das pedras expressivas, sendo todo o enredo, por dentro e por fora, complexo total também de pedra. Passa por lá qualquer um dia. Posso lhe ver da janela sendo você o pescador tão jovem, sendo a mulher silenciosa desse pescador. Posso lhe ver sob inusitados ângulos, os mais. Mas não quero. Pode ir. Pode descer as escadas arrastando seu manto de estrelas. Seu nobre missal de verdades. Pode ir. O que já vem consagrado me seduziria jamais.

Vai se estabelecer que isto é apenas um sem dor um sem nada, você as escadarias que nunca mais acabam mas que sim. Volta. Xadrez o chão vulgar parece um tabuleiro grande onde nos movemos peças eu você cadeiras e milhares de mesas e as pernas frágeis recorrentes e as nossas vergonhas refletidas disfarçadas já não mais que, como um flash, num segundo, os olhos destilando outras cenas, mesmo depois da meia-noite, quero dizer, antes:

de repente estamos em público completamente dançando, você a princesa infinitiva e eu o sapo pestilento beijado que subitamente o herói no fim mais fácil. Despertar de um sono que levara séculos, as páginas todas do livro; o hálito interrompido num antigamente até que as pálpebras se movem outra vez é de novo:

você é quem conduzo pelo salão encerado, imenso maior do que os cenários dos filmes de faz tanto tempo, só por dentro, só por dentro; na verdade é um clube pequeno de uma cidade pequena como nós a noite melhor. O mais de ordinário das impressões já não temo; despejo frases primitivas, decadentes, e você, erudita, se diverte; eu, iletrado, silencio porque um sapo. Seus olhos neon verde esmeralda – verdes demais portanto falsos. Como o ouro que eu carrego no pulso nos dedos no pescoço no tornozelo seu. Eu, que me pretendia silêncio desde o início, frustro os doges que nos observam, os colegas da repartição, as costureiras dos bairros distantes, as outras vedetes que como você vendem os beijos mais venenosos, apesar das curvas plasticamente perfeitas, apesar dos certificados de garantia. (...) Um silêncio virá. Chamando todos os carros. Chamando todos os carros. Luzes artificiais que nos soterram.

Luzes.

Artificiais.

Esse minuto inscrição a fogo há de marcar a pele. Eu que por certo havia entrado num labirinto, quando saio a sala tem cores macias, porém tão menos brilhantes! Tons fracos. Na verdade meus olhos abertos.

Volto para esse estar aqui sempre num sem espelhos.

Quem sou nem rei nem o gentio que nos observa por trás de suas recônditas cortinas. Só um saco de areia sobre você que (uns olhos como se compreendendo tudo) me chama tão solenemente pelo nome errado.

os ossos e o ofício

DA COMPOSIÇÃO

Elementos Mínimos Necessários: 1 (um) datilógrafo que ganha por folha datilografada; 1 (um) escritor desconhecido = "herói" ou "protagonista"; 1 (um) tribunal honorífico; eu = "autor" (de importância questionável); você = "fruidor" (de importância inquestionável).

Paradoxos (serão três):

a) do datilógrafo que ganha por folha datilografada: Deve inserir suas próprias palavras no texto (bem como repetir vocábulos, criar novas frases, citar filósofos inexistentes ou outros procedimentos tais) para com isso aumentar o número de páginas e, consequentemente, o seu salário? Hesita; insere-as por fim (é apenas um paradoxozinho, como verão).

b) do escritor desconhecido, ou "herói" em luta contra a linguagem padrão, cristalizada por velhas formulações: Para escrever de modo comunicável deve usar esse meio limitado que o aprisiona? Abandonará a usual estruturação da realidade, consumada nas formas disponíveis? Conseguirá o herói demonstrar que não aceita a linguagem da moda sem com isso tornar-se ininteligível? (paradoxo pungentíssimo, como verão).

c) do autor, cujo dilema e busca – conforme teóricos contemporâneos – são análogos aos do herói (paradoxo invisível; alguns, entretanto, o verão).

DA EXPLICAÇÃO – (A Voz do Dono, digo, Autor)

A coisa mais fácil que existe é começar uma história. Não acha? Ora, facílimo! Quer ver? Bom, "era uma vez um guardanapo que não tinha escolha...", "era uma vez uma farda extremamente pequena...", "era uma vez um corrimão longuíssimo e velho...", "era uma vez uma camada fina de verniz...". Portanto, era uma vez um escritor desconhecido e considerado medíocre pela Opinião Pública que, no caso, pode ser resumida em: 1) seus pais ("Podia bem ter sido funcionário da Rede como o Geraldo... Escritor! Imagina!... vai é morrer de fome... e olhe que estudo eu dei!") e 2) os críticos, aqueles que – muitos com luvas – descartam os originais como se contagiosos ("Texto inapreensível! *En toute chose, il faut considerér la fin!* Aulinhas de Gramática Histórica seriam providenciais a esse elemento...").

Sendo os pais e os críticos respeitabilíssimos – sim, constituem os pilares básicos da sociedade moderna e civilizada – e estando ambos sempre com razão absoluta, que não se ouse pensar o contrário, divergir, discordar, levantar a voz; silêncio! Por favor, evitemos tumulto! Pois bem, o caso é que pelo pleno exercício de suas atividades literárias, aliás poderosíssimas, o herói foi conduzido ao Tribunal Honorífico (Que Tribunal? Sei lá! Honorífico e pronto!) e julgado "culpado". Culpado, leram bem? Cul-pa-do. E é tudo – aí e que começa a trama: o processo está sendo datilografado pelo Datilógrafo que Ganha por Página Datilografada. (Página, folha, lauda, dá na mesma!). Sexo, violência, emoção, drogas e rock 'n' roll. Sim e não. Quem sabe? Será que chove?

p.s.: a alguns parecerá ser ele – o Datilógrafo – o verdadeiro herói desta moderna escritura; àqueles que se identificarem com esse personagem posso, mais tarde, fornecer seu endereço para possível correspondência (amizade ou compromisso mais sério). Favor enviar foto na primeira carta.

p.p.s.: aos que duvidarem da veracidade dos fatos ora narrados, alegando que o Tribunal, em sendo Honorífico, jamais entregaria o processo a um Datilógrafo completamente extraoficial, lembramos que esta historieta começa com "era uma vez". Agradecendo a atenção devotada, sem mais despeço-me completamente.

xxx

DA COMPLICAÇÃO

Diálogo Interior ("mais do que Monólogo Interior e menos do que Diálogo Oficial"):

Olha, te conto que já datilografei coisa chata, tabela, Imposto de Renda de gente rica, mas esse negócio aqui de Processo bate de longe todos os recorde possível, que é chato, cara, pior que sogra doente! Se Deus quiser ano que vem a mulher recebe aquela graninha e eu largo esse negócio de datilografar nas hora de folga. Que folga? Isso nem vida é! E se um cara desses aqui do escritório me pega depois do horário e denuncia? O negócio não é bolinho, estão é seco pra furar o olho da gente, vou te falar! Mas como o dinheiro tá curto a gente tem que se virar, né? E a mulher que agora me inventa que a Claudiane tem que ir até de luvinha na Primeira Comunhão; de onde é que sai o dinheiro, hein, se a gente quer dar o melhor pros filhos? Alegria da gente, no fim; não custa fazer um esforço, e já que a IBM tá aí mesmo... Mas olha, se eu soubesse que o texto era assim! Te juro, não aceitava é nunca!

Uma confusão, isso sim! Um cara vem e escreve um monte de besteirada, sei lá, parece que um livro de contos (que que é contos eu não sei... acho que histórias da vida alheia) e inventa um monte de acontecimento sem pé nem cabeça e aí mandou pra uma tal Comissão, Comissão não, Concurso, sei lá eu, uns cara que decide se o livro é bom ou não, aquelas coisa de qualidade, se tem ou não. Pois é, daí que o cara, esse tal Escritor Desconhecido, era fraco de português, que o cara escrevia mal mesmo, assim em termos de colocar as frase com as palavra certa, aquelas coisa enfeitada de escritor e umas palavra difícil mas que no fim desse pelo menos pra entender (até que o cara sabia como fazer, só não sei porque não fez!). Mas a Comissão Crítica Julgadora, os homens lá, mandaram prender o sujeito, que era culpado por um daqueles crime de nome esquisito, ah! Não me lembro! Coisa desses intelectual sabe, aqueles cara que aparecem na televisão falando, falando e ninguém entende, mas acha bonito. Eu, te falo sinceramente, eu acho bacana esses cara!

Pois é, então é só isso: o Escritor teve que ir na frente do Tribunal, é sim, cara a cara, explicar porque não tinha feito uso normal da Gramática, um negócio de Regras que parece eram sagradas e escrevia frases tudo trocado o lugar dos ponto, das vírgula, sei lá! Foi isso que eu entendi. Só que o Processo é um catatau de coisa (mais umas palavrinha da gente que a gente acrescentou por conta, que de tanto datilografar palavra difícil a gente vai até que virando meio culto, né?). Sabe que falam até da irmã do Escritor e de uns problema que o cara teve na infância? Aí o negócio complicou, que tem um pedaço que eles falam de drogas, quer dizer, não é bem drogas, parece que o cara tinha no sangue uma dose, sei lá, de um negócio literário, um tipo de vício; não é bem drogas assim de maconha – é um negócio bem pior, nossa, muito pior! Mas o advogado de defesa era dos bom – eu gostei do discurso do homem; falou feito gente grande, disse umas verdade sobre os direito das pessoa, coisa de arrepiar (até li um trecho pra mulher lá em casa), uma porção de direitos humano e tal, e ONU. Eu não entendi bem todas as palavra, mas o sentido... nossa! Coisa fina, precisava de ver...

Sabe, eu não fico prestando atenção nos detalhe enquanto copio, só vou copiando as frase, mas dessa vez me envolvi nessa coisa, umas frase bonita sobre a verdade! Negócio bacana mesmo! Então vi que podia dar uma esticadinha no texto, já que estão me pagando por linha mesmo e tal. No começo até que achei que era meio sacanage com os cara que me deram esse serviço, mas depois pensei: você acha que alguém vai ler esse calhamaço e conferir frase por frase?

DOS AUTOS

p. 312 - Parecer Clínico:
De acordo com os exames laboratoriais prescritos pela Equipe Médica responsável pelo presente Processo, aos quais o Sr. Escritor Desconhecido, ora em julgamento por este Tribunal, foi submetido, o mesmo apresenta alta dosagem de substâncias técnico-literárias no sangue venoso, dosagem esta acentuada pelo consumo constante – comprovado por perícia – de manuais de teoria literária. Análise minuciosa de sangue recolhido indicou:

175 mg/dl............................narratividade literária
47,8%.................................teoria dos grafos
102 mg/m...........................semiótica textual
5,02 X 10.Torr....................onomassemasiologia
1.500.000U.I......................prática epocal
Traços................................núcleos operativos

Exames neuropsíquicos acusaram perfeito domínio pelo Sr. Escritor Desconhecido de conceitos tais como: real, ponto de vista, Belo, antropofagia, imagem, prosopopeia, maravilhoso, família, clichê, absurdo, dever, conotação, pátria, fábula, kitsch, utopia, linosigno e mimese, o que comprova estar o mesmo apto para o pleno convívio social. Torna-se, entretanto, necessário registrar que por diversas vezes o paciente (Réu) declarou sua dependência do que denominou "literatura artística", a qual chegou mesmo a importar para consumo próprio alegando a alta qualidade do produto que, segundo o mesmo, não encontra similar no mercado nacional.

Exame parcial de urina: inconclusivo. Papilas gustativas: normais. Possível atenuante: elevado grau de miopia em ambos os olhos.

p. 364 - Mentores Intelectuais do crime, intimados a comparecer em Tribunal: John Augusto Osborne, Luigi Augusto Pirandello, Severo Augusto Sarduy, Gertrude Augusto Stein, Boris Augusto Vian, Bernardin Augusto de Saint-Pierre, John Augusto Barth, Alfred Augusto Jarry, Thomas Augusto Pynchon, Samuel Augusto Beckett, Jean Augusto Cocteau, Eugene Augusto Ionesco, Jack Augusto Kerouac, Michel

Augusto Butor, John Augusto Fowles, Louis-Augusto Céline, Alain Augusto Robbe-Grillet, Edward Augusto Albee, August Augusto Strindbeg, Arnaut Augusto Daniel, Donald Augusto Barthelme. Todos, a exceção de três ou quatro não residentes no País, alegaram estar simplesmente mortos, ação esta interpretada pelo Tribunal como deliberada e coercitiva, não justificando suas ausências perante a lei.

(xiii, o cara se estrepou nessa! Também, quem manda se meter com gente que não é de confiança?)

p. 580 - Depoimento do Sr. Escritor Super Conhecido, participando como Testemunha de Defesa no Caso, em nome da VLI - Vanguarda Literária Internacional (Leitura Dramática escrita, dirigida e interpretada pelo próprio; a ser publicada brevemente pela Editora Tempos Difíceis, aguardem!):

(...) Nós, depois do depois; o resultado das teorias que diziam: – o fim está próximo; nós somos portanto o Fim. (*silêncio*). Pós. Sim. Pós – como chamar? Pós-desestruturalismo pagão! (*aplausos*). Pós-retalhos, convenções, drágeas, bossinha, caras da marilyn, misturas; será pecado ser original? SERÁ PECADO SER ORIGINAL? (*lágrimas*). O silêncio então! O silêncio. Mas isso também é velho. Isso é VE-LHO. Por que se foi fazer tudo antes de mais nada? (*risos*). Os clássicos é que estavam certos pois copiaram os pré-clássicos e depois vieram os anti-clássicos e os neo-clássicos e os meta-clássicos e os penta-clássicos e depois. (*silêncio*).

A modernidade imensamente velha também. Serão sagradas as escrituras? No princípio era o Silêncio? Não, o Velho. Talvez tivesse sido mais econômico ouvir do que escrever – apenas ouvir: mas a quem? (*risos, aplausos, lágrimas, silêncio, uivos, silvos, silêncio*). Ouvir? Como? Se todos estão falando ao mesmo tempo? E agora o que se diz é: escrever representa apenas uma vaidade fútil do ego. Este Sr. Escritor, como é mesmo o sobrenome? Pois é, Desconhecido, (*pausa*) com certeza é elemento nocivo à sociedade; deve mais é ser submetido a tratamento; deve mais é esquecer essa tolice de parágrafos que reclamam luz, que pretendem romper a ordem santa do mundo. Por que ininteligibilidade? Isso é pretensão de seu ego mais viciado! (*aplausos; ouve-se um "Bravo!"*).

Será que alguém vislumbrando a utilidade desta alegoria toda? Quem serão as vítimas? Quem? (*silêncio*). Fragmentos: Barth, sim, Cage, sim, Robbe-Grillet (...)

(Olha, meu querido, quer me dar licença?! Assim não dá! Pensei que quando o cara começasse a falar em defesa fosse dizer umas coisa que valesse a pena, mas dá licença! Eu que não sou palhaço de ficar datilografando esses lista de nome estrangeiro com letra dupla, um inferno! Como é que esse cara é Super Conhecido? Piada! Pra mim, só falou asneira... Eu vou é pular esses nome; o cara vai ser culpado mesmo!... Êta maldita dor nas costa! E ainda falta essa quantia imensa de folha! Pelo menos vai render uma bolada de grana, dá pra luvinha e ainda sobra tranquilo pro franguinho assado, vamo ter que pegar dois que vai até a madrinha pro almoço... Já são quase nove, será que o Dr. Reginaldo já foi? Queria mesmo é que ele me visse aqui datilografando; podia pensar que era os relatório da Firma. Será que me dava um aumento? Se ele passar aqui vou datilografar bem rápido e nem levanto os olhos da folha. Será que ele sai impressionado?)

Aparte do Autor, que teima em reaparecer: Ficção. Naturalmente ficção. Só porque se disse "era uma vez". O espécime que ora nos propomos analisar nada mais é – que isto seja dito em letras grande desde o início – nada mais é do que um composto frágil de letras; não havendo nada mais frágil do que elas, não pensamos jamais em omitir o fato de que ele – o gran-personagem – é mesmo feito de fragilidade e quase nem-existência. Letras: portanto não existe; fica claro?

p. 709 - (...) testes precisos de balística comprovaram que o Escritor Desconhecido sabia plenamente da impossibilidade de um n (êne) antes de p (pê) ou b (bê). (...) sim, foi batizado e crismado. (...) e o que dizem os senhores do fato de que o escritor em julgamento possuía em sua própria casa (ap. 605 do Ed. Sant'Anna) um exemplar do Pequeníssimo Dicionário Ortográfico-Semântico Pleni-Oficial da Nossa Língua, o qual, submetido a exames científico-químicos demonstrou, ouçam bem, demonstrou <u>jamais</u> ter sido manuseado!!... Ato interpretado como criminosíssimo! Alguém aqui ainda duvida da alta periculosidade deste indivíduo, solto como se encontrava no seio da sociedade contemporânea? Fale agora! Fale agora!
(Olha, não quero me meter mas pelo que eu tô lendo aqui esse cara é mesmo perigoso! Já pensou um livro dele solto por aí?)

Senhores, e as regras preciosíssimas, as sagradas regras de começo, meio e fim? As regras canônicas, o fraseado, o ritmo, como esquecer sintaxe e semântica?! Pois este elemento aqui presente, alcunhado "herói", enquanto os bem-aventurados se contentavam em não ver e crer, não hesitou jamais em perverter as Regras Universais da Inteligibilidade; permanecerá impune?

(Olha, esse cara é um safado, que imagina que enquanto eu e a mulher estávamos dormindo tranquilos, o cara ficava simplesmente aprontando a maior sujeira! Pervertendo as coisas – foi o advogado que disse – as Regras! Sacanage! A gente no sono dos justo e o sujeito aí, ameaçando o sossego da gente! Quem diria, heim, naquela porcariazinha de máquina de escrever que é a dele comprada de segunda-mão).

p. 809 - Depoimento – por escrito – do Réu –

Confesso: na verdade queríamos apenas libertar aquela alguma coisa para a qual não temos nome... O fato é que acabamos por fazer... fizemos... e agora essa legião de vozes, esse coro, solos de contratenores raríssimos que estudaram na Europa perguntando: por quê? Em *mezzo-piano*, em pianíssimo, em *staccato*, em uníssono. Como dizer que apesar das roupas de corte perfeito todos simplesmente desafinam? Quem diria? Quem dirá?

E nós aqui nem por princípio – é mesmo a mais genuína necessidade: era para ser assim. Quem sabe quem ditou este enredo? Os verbos defectivos... Quem estará a salvo; quem não estará? Fôssemos livres, poderíamos qualquer outra coisa que ardesse menos do que olhar, escrever, narrar, relatar, descrever, registrar, cumprir esta urgência incandescente que agora nos dizem: inútil... E mais do que isso: culposa. Portanto: pecamos.

Este o ofício. Nós... o era uma vez...

(Pelamordedeus! Que idiotícia!)

p. 1025 - Da Pena: (...) sendo primário, o Réu foi condenado apenas à cadeira elétrica, após esquartejamento em praça pública.
Obras: indexadas.
Bens: confiscados.

(Até que enfim! Nem acredito! Com as costa moída. O resto que fique pra amanhã. Agora é só apagar as luz e chega de papo fiado).

a conversão do rubi

Je voudrais être alors chien de fille publique,
Lécher un peu d'amour qui ne soit pas payé;
Ou déesse à tous crins sur la côte d'Afrique,
Ou fou, mais réussi fou, ne pas à moitié.
T. Corbière

Almus nem tão menino mas ainda gosta daquele rosto decadente onde os traços mentindo juventude já não se sustentam. Quer sempre ali viajar, uma necessidade que não compreende, maior do que si, como se uma força o prendesse cada vez mais às linhas que envelhecem, despencam, mas que absurdamente deixam Aloe mais bonita mais poderosa e ele precisando que ela lhe diga sempre "Sim" o que não é fácil pois Aloe nunca concede favores, os suspiros arrancados a preço de carícias ousadas, de inovações surpreendentes. Ele esse conluio vertiginoso que o consome deliberadamente prolongava e por felicidade sempre ouvia Sim, Sim. Mas pensava: "um dia ela me recusa a boca e eu me desintegro"; não gostava nem de pensar.

As mãos que Aloe agitava na frente do peito, explicando que a vida isso, a vida aquilo – ele nem ouvindo, apreciava. Ela pretensa dama de passado lícito a puta ancestral de estampa nobre irreprochável sem dúvida perfeita donzela a cada noite lis. Queria os braços carne nunca mais rígida, moles já meio moles, queria o abraço deles, caber naquele como um ninho, me deixa me deixa. Talvez quase um pecado desejar aquele corpo decaído (há quantos anos existe; quem mais já sacrificou?). Ele com certeza não o primeiro, Almus tortura-se, ciúme por dentro é como um ácido; outros respiraram próximos, sob os cabelos de Aloe (a raiva produzindo uma lágrima dura) agora os cabelos tingidos, o negror mais falso pertence a ele, quem pode garantir que exclusivamente; queria que para uma possível eternidade mas sabe que o tempo é um escudo que aqui não resulta, pois talvez enquanto ele nascia, Aloe as pernas firmes já estivesse gemendo em alguma cama barulhenta, então as mesmas carnes que ele herdara por que não foram sempre apenas suas? E como se não bastasse Almus prossegue, quem sabe se Aloe já não servira ao pai dele possível até que antes tivesse servido ao seu próprio avô. Chega! Já não pode mais.

Ela as mãos agitadas explicando "a vida aquilo", discurso que mantém sua figura de profundidade insofismável, ele nada pode demonstrar porque se ela o descobrisse assim dependente por certo o manipularia mais ainda, ele como um fantoche um espantalho, mas desejaria confessar: precisava tocar-lhe os cabelos, o preto o escuro dolorido, saber, confirmar que é seu. Quantas vezes, ele pensa, na frente do espelho ela mentia; achando-se talvez uma menina será que sofre? Esta com a qual dormia, a mulher mais antiga a mais fresca, para quem dizia palavras lúbricas durante o amor e que era nobre, as palavras a serem escolhidas como flores, os olhos semicerrados os lábios tremem vagamente Aloe Aloe por que não lhe conquistara jamais um sorriso? As mãos se movimentam agora ("a vida isso") anteontem sempre. Os pulsos que ligam à velocidade (queria também tocar ali, ela deixasse) hipnotizam; o vai e vem cadenciado. Não, Almus jamais mentiria; pode acreditar em suas palavras Aloe, embora ele não saiba realmente o que falar, é sempre sincero, o que sente é real. Apenas sabe desejá-la, mais ainda quando ela estabelece, como agora, uma distância entre eles e o evita; ela uma rainha de um corpo usado tantas vezes tão desconhecido. As mãos pássaros dois que se beijam as pontas dos dedos quando se tocam ("posso?") acariciasse os cabelos daquela mulher talvez a forma perfeita se espedaçasse o brilho dos lábios o perfume e os olhos que pretendem sabedoria infinita e os brincos e Aloe integralmente, verdade é uma efígie de poeira, mas há uma parede de espessura indefinida entre a vontade e o que Aloe não permite.

Como por que me domina? Esta mulher que passa uma tinta nos lábios boca toda uma armadilha para me atrair, princípio de planta insetívora. E ele este complexo não emancipado, de olhos os mais simples, nus, feitos para admirá-la sem questões, consumi-la, não sabe dizer por quê. E dentro algo se convulsionando, lava, algo se excita pronto para explodir e Almus não sabe o que provoca uma coragem súbita, são esses olhos dela, que parece debocham, aos quais está fantasticamente cingido, são esses olhos da mulher. Certo em direção àquele profundo vermelho tinta (talvez uma coragem ilusória, mas o que importa neste momento é o impulso) investe contra Aloe e ela habilmente constrói mais uma parede expressiva com o rosto o mais sério impassível diz "Ainda não", em silêncio. Então ele se constrange e já não é mais o pobre animal manso, moldável; Almus quer de verdade que ela gema agora, já, que arda o vermelho do princípio; pelo menos uma vez tem a certeza absoluta de que ela lhe sorriria. Chega de me arrastar por esta mulher seja ela preciosa, seja quem me garante o deslumbramento do estar. Ela o olha como a um desconhecido. O que há de novo em sua expressão, Almus, o que se passa, pergunta. Queria ser poderoso, reinar. Um círculo gira de maneira vertiginosa, a boca de Aloe, apenas sua boca que despreza a figura do homem em desespero; como é imensa. Vermelho, quando melhor fosse o frescor de um branco; a vermelhidão definitiva que perturba, não, Aloe, nunca mais (Como ousara interromper meu discurso! – ela pensa), não, Aloe, nunca mais; ele está louco, agora investindo violentamente, o círculo gira gira, é a sua boca; ele está louco, ela começa a gemer, vermelho nem tão infinito, vermelho nem tão eternamente, vermelho nem tão indevassável que principia a sucumbir. Eis que a tinta se extingue, ela mais geme e ele está como um louco (O que faz comigo? – ele delira ao ouvir a pergunta que não tem resposta). A voz cada vez mais débil, o círculo que gira torna-se menor, menor. Ela finalmente um sorriso, ele percebe, a princípio pequeno. "Mais!" ela agora explicitando o desejo ele lhe comprime o pescoço – o sorriso se rasga e pela última vez Almus escuta Aloe dizer Mais. Antes que o vermelho empalidecido se rompa – frescura final do branco.

no princípio are o verbo

No princípio era o sílex. Depois é que se virou sedentário. Inventada aquela história de garfo e faca e faca naturalmente apareceriam as fatias. Pedra lascada isso sim. Erat. Imensas pedras no megalítico, maiores do que os prédios só de vidro em Motown. Menires dólmens. Antes de mais nada. Da moda dos cachecóis de prata. Antes. Muito antes. Já sei que se não estão me entendendo o problema é meu. Eu que falo apenas a modesta língua vepsa. Sou de perto do lago Onega. Perdoem o palanfrório. Alguns até nem escutando. Podem continuar lixando as unhas. As mesmas coisas. As mesmas coisas de sempre o que é é o que foi. O Vesúvio soterrou Pompeia e ninguém se manifestou. Algum de vocês?

Por que eu não posso então? Só quem nos disse revelou sentenças foi a pedra quieta no delta do Nilo. De Roseta, pois não? Onde é que vocês arranjaram tempo para confeccionar as palavras? Onde é que arranjaram disposição e ouro? Roubaram, eu sei. Eu solenemente mais do que sei. Pensam que sou algum ingênuo? Um qualquer um desprezível? Pois consultem o Livro das Linhagens. Se aqui me encontro é por vontade a mais própria. Descendere de rostris. Roubaram porque o homem precisava das palavras desesperadamente para cacher as pensée. Parem de me cutucar com essas lanças! O objetivo da vida é a sensação, qual o objetivo da sensação? Assoem o nariz no cachecol. Nos seus cachecóis de lama, de alga, verdachos. Me dá um. Me dá uma certeza qualquer. Me dá um pedaço de pão com aquela geleia de pétalas de rosa que está tão em voga. Pão. Tomai e tomai. Vou falar só mais uma coisa. Coisinha. Nada. Trata-se de um plágio. Tratava-se. Curiosos? One thought fills immensity. O que é imensidão? O que é imensidão você me pergunta? Guardas, levem-me. Tragam pimenta que isto aqui já não tem forma. Alguns até nem escutando. Que ideia foi esta de edificar letras em ouro? Tragam os culpados. Afrodite de Cnido – folgada, sem compostura, só aparece para tomar hi-fi com os garotos musculosos e muito, muito mais moços do que ela! Contudo, não é, por isso e apenas isso, subversiva. Deixem essa mulher em paz. Em nome da lei – tragam os inocentes. Tragam Vercingetorige general gaulês que nasceu no país dos arvenos; César cercou-o em Alésia. Culpado. Por que não atirou a primeira pedra? Quem? Ambos. Quem mais? Os fenícios, que deverão ser dizimados. Que ideia! Logo um alfabeto inteiro! Miseráveis, fizeram o serviço direitinho!

Traídos os detentores tão covardemente! O que farão com os louros perdidos no boulevard? O que farão com as cadeiras de veludo onde sentavam-se há anos? Traídos. Decerto enquanto dormiam (Dormiam alguma vez?). Decerto não é com dois "esses". Todos os que queriam tanto passar despercebido. Todos os que gastaram anos e anos em projetos incríveis para esconder o que quer que fosse. (Os detentores, tão amáveis...). Derrotados. Não é incrível? Melhor os persas, que ficaram inventando os cremes de beleza. Melhor Hefaístos, que fica no interior da terra. Melhor Homero, que nunca existiu.

Vocês estão caçoando de mim, sobretudo aqueles cabeludos da segunda fila. Pois saibam que esse cabelo já saiu de moda. Ah, não se importam; pois também eu não me importo, sei que o problema é exclusivamente meu, desde o começo. Digo, princípio. Principium, n., erat erat v.e.r.b.u.m.. Qual, o meu ou o teu? Obrigado, não penso logo existo. Pois bem, com o uso da escrita é que começou toda essa história (alguns até pretendendo, os românticos, dizer "hysthória", mas acredito que não haja tamanha necessidade). Quem quiser que conte outra, outras. A tal. As inscrições. E os acádios, que inventaram aqueles pequenos tijolos de digna escrita cuneiforme? Depois sumiram do mapa, os espertos. Não queriam ser responsabilizados. Penduraram a conta da lama toda. Que vergonha! Ah, se nós os pegássemos! Guardas, tragam mais pimenta para o povo e talheres e cartões de boas-festas e mais viseiras e faringites fulminantes e luvas. O que esconderam em sânscrito, aquela língua sagrada? Não vão responder? Guardas, ácido de meia em meia hora façam chover. Isso lhes destituirá da língua. Pois não querem colaborar, não é? Vocês vão envelhecer calados como as estátuas envelhecem. Não foi essa a sua nítida e única opção? E eu aqui falando o que quiser e vocês sem entender absolutamente nada, nem uma vírgula. Olham. Olham. Pois olhem. Mitrídates, o rei do Ponto, falava vinte e duas línguas, mas por que é que vocês haveriam de abrir as suas bocas além da ocasião do bocejo, não é? Afinal, os almanaques tão sóbrios e divertidos afirmam anualmente que Thor provoca o raio e o trovão. Saber é só saber portanto; por que gastar seus preciosos olhos, não é mesmo? Isso é coisa para o Escriba Sentado, da V da 26 Dinastias do Egito – uma estátua. Como nós todos no fim. Uma estátua de açúcar resultado de um olhar para a frente, para os lados, para o meio, para cima, para cima.

Meu avô era felá mas vocês não sabem disso porque não entendem a minha linguagem cheia de incongruências (vocês dizem), cheia de sem sentido (vocês dizem), cheia de erros de subordinação (dizem vocês). Ora, é apenas um microespelhinho, modesto, pequeno mesmo, menor do que isto, ridículo. Como é que poderia sequer doer, causar algum desconforto? Usarei a tangente. E não me entendem. E não. E sempre assim esse não. Carunchos dos mais vigorosos comeram as doze mil tábuas que continham o meu alfabeto, organizado nas mais sedutoras porções que formavam períodos distintos e frases regadas por uma infinidade incalculável de laboriosos pontos finais. Uma maravilha! Meu avô era um sudra. Tudo inútil. Olha, eu vou embora e nunca mais volto. Você sabe o que é nunca mais? Tirem as mãos daí! Tirem os pés do chão, não percebem que estão estragando o macio caríssimo do tapete? Que bom já ninguém me entendendo posso até efetuar meu voo com asas de cera. As joias serão de zircônio, coroas inteiras um brilho comprometido. Mistérios e milagres. Aqui nesta praça nem me olham; há a companhia perpétua dos pombos que tanto convivem com a história. Os árabes trouxeram o papel do Oriente de um lugar onde há rios Azul e Amarelo. Por que não fizeram apenas guardanapos, lencinhos? Não faltam nem bocas nem molho. A escolha foi vossa.

A laca. Meu avô era de laca. Charão. Obrigado pela não acolhida do dolce stil nuovo. Sempre o mesmo mesmo. Obrigado pela acolhida. Desculpe qualquer ausência de coisa. Não, vim mesmo descalço. Posso pegar meu guarda-chuva? É, esse bege com manchas intensamente violeta; deixei logo na entrada. Ali do lado das flores. Ali do lado dos enfeites. Ali do lado dos cristais sonoros. Julio julho. Augusto agosto. Agarro-te África. Este um velho filme da Mae West. Nem mais para ser assistido. Melhor mudar de canal. Melhor dormir que amanhã a gente levanta bem cedo. Meu avô era um bastardo pois non tornou migo falar. Aplausos ao Eros de Praxíteles ao Apoxiômeno de Lisipo ao Discóbulo de Miron. Ao silêncio melhor que algur morreu com pesar.

Brama vixnu e shiva olhem por mim e por vocês próprios. Calma, o fim se aproxima mas ele é apenas um meio. Estes vãos espelhos. Reza-se que ainda há tempo aos aventurados. Aos que se efetivam no escuro, boa noite, vocês bem merecem apenas anjos. Anjos disformes de tão bonitos. Anjos insanos de tão perfeitos. Aos que se escondem nos cantos nem comentários. Minha corruptela de razão se esgotando. Meu simulacro da maior ciência (vocês dizem) é está encontra-se doente. Dizem-me basta. Nem louros nem os aplausos da multidão. Nem eu.

Fico nesta praça destino das estátuas que o são. Frio; como os olhares que ora recebo. Vocês não quiseram me ouvir. Irei. Voltarei? Não. Morrerei aqui.

o princípio feminino e o herói

Aquela mesma hora como muitas vezes. Rhea fixa o relógio grande imenso olha olha e tem uma pena de si, diz Não pode ser. Canta para se distrair apenas uma frase, não seja hipócrita, para. Alguém chegando? Seria Nass? Entra; o mesmo invulnerável firme Nass, por certo trazendo as melhores sentenças, métodos talvez. Rhea quer agarrá-lo quer dizer Meu. Olha para o teto e diz Oi, tudo bem? Nem mesmo o encara. Ele pensa Como amo esta mulher, embora não pudesse ver seu rosto muitas vezes, como a amava. Ela lhe pergunta Faz frio? (Existem apenas dois sentimentos na verdade amor e ódio. Qualquer um. Nenhum). Feche a porta, ela lhe pede; Já está fechada. É mesmo, nem vi.

- Manjares deliciosos enfeitados aguardam repousam calmamente ali na mesa, caldos perfumados, pratos do máximo requinte.
- Veneno nessa fatia, ele diz. Um caco de vidro.
- Sei. Que cor tem?
- Nenhuma. Não há.

- Deve ter sido a empregada tola que havia um dia esteve aqui. Não fui eu compreenda. Não tenho culpa (a voz se precipitava). Silêncio. Fui enterrada viva, vontade de gritar. Apenas pensa entretanto: Eu estou presa. Pede um cigarro como voz suave por favor.
- Nass, uma aspirina. Os suevos devem estar invadindo o istmo e agora?

Isso foi há muitos séculos, ele explica, deve ter permanecido em sua memória desde os tempos do colégio. Acalme-se! Acalma-se; agora ela sabe que sim.

- Obrigada. O que faríamos sem você.
- Minhas pernas são profusamente cabeludas; Nass se examina depois de retiradas as calças. Rhea está chocada pensa Que bom confio neste homem ele é um pássaro e eu posso acariciá-lo destruí-lo porque merece mas não vou. Ele há de implorar por favor me bata; ela seria incapaz de fazer aquilo uma indecência, com seu pobre amante de frases feitas é verdade, mas delicadas, quase havia dito seu filho porque ele é pequeno e frágil, um bonequinho de cristal ali na sua frente. Por que sente vontade de lhe extinguir as asas? O que é esse desejo que carrega, pesa (não compreende) – punir completar ao mesmo tempo? É ele quem lhe tira o sono? Nass por favor não me bata, apenas um pouco mais. É ele que quase lhe arranca os olhos quando ela está dormin-

do, quando acorda sobressaltada e descobre que na verdade já passou. Por que não fala?

Ele lhe pede três vezes Diga meu nome. Ela não diz; ainda que ordenasse não diria, não pode dizer, embora ele precise (é como um jogo, uma arma que Rhea reserva para um certo fim). Nass esquece, diz para si mesmo Tolice. Acabou. Aquilo é o amor. Um líquido que escorre. Pronto. Pronto. Ele está de novo vestido o que é fácil. Lá fora aquela ambulância barulhenta passando. Fragmentos.

• Me empresta o jornal, quero as notícias sobre a Bolsa, sobre as geadas que destruirão safras inteiras. Está em alta. Podemos comprar mais água, querida. Não, perdemos todo o dinheiro.

• Perdemos todo o dinheiro, ela repete. Não chore. Venha aqui, sou a Mulher. Minhas unhas vermelhas são para você. A tarde inteira, era verdade, esperara para dizer Estou cansada, mas quando o homem entrou por uma porta definida já não estava, ele a figura máxima sagrada ela não permanecia a mesma, estremecera por dentro só em vê-lo. Ponha sua longa maciça mão sobre o meu corpo um pouco pequeno, especialmente adequado. (É ele que me tira o sono). Os suevos. A queda da Bolsa. Ora, não tem importância nenhuma. Faça o que quiser não faça nada. Veja como é ardente este contorno, estou aqui para servi-lo, apenas não diria seu nome Nass. Que sabe? Que sabe? Por que agora está me vendando os olhos?

- Não pisque nos próximos segundos. Isso mesmo. Ficou bom, digo a pose; será uma bela foto. A prova, o sólido de nós. Faz uma dedicatória? Hoje pensei em você a tarde inteira, talvez por isso tenha tido essa ideia de nos tirar um retrato. E Nass chegara até mais cedo – ela não notou, o relógio era sempre igual. Vontade de dizer que está preso ali mas não sabe de fato. Soubesse, jamais gritaria. Como? Ela tão seguramente sempre lhe dá as deixas. Ele precisa apenas desenrolar a sua parte: perguntar. Pergunta Já regou as plantas da varanda e deu comida para as carpas e aquelas outras coisas?

- Sim e não; ela responde.

- Não entendo você. Aquela revista diz existem dois sentimentos; de madrugada às vezes acordo com um desespero terrível (também eu – um eco dentro de Rhea), momentâneo mas apavorante; passa depressa porque logo relembro quem sou, o escritório, as mensalidades. Você está ali e dorme. Eu tenho um dos sentimentos, qual não sei exatamente. São dois, dizem as palavras impressas. Uma vez olhando pensei que estivesse morta mas era apenas eu mesmo, digo, meus olhos. Respirá-

vamos. Apesar do escuro seríamos considerados plenamente vivos; lembra-se.
- Preciso confessar uma coisa.
- Não; ele pede.
- Preciso confessar uma coisa.
- Por favor não.
- Dormi com Labo.

(Silêncio)
- (...)
- Dormi com Labo e foi o acontecimento mais vibrante da minha existência. Aquele homem gigante que me fez sentir as coisas mais maravilhosas você não imagina eu também não. Décadas atrás, séculos. Eu tinha quatorze anos embora tivesse muitos mais. Ele me via; não como você mas como uma mulher deseja precisa ele me beijava de verdade. Só agora posso me lembrar. Era como um menino loiro moreno os cabelos macios viera do céu do inferno que importância isso tem. Sua voz o contraponto profano, escandalosos meus sorrisos os votos nossos enfim como ele me abria voraz a blusa eu vibrava, a velocidade acelerada dos pulsos éramos mais ou menos assim nós dois embora não saiba contar como era. Por isso, Nass, nem hoje nem ontem pude suportá-lo francamente esse corpo pálido você se parece de cera depois dele. Este

hálito doce não me encanta, acaso não sabe que as mulheres gostam de homens rudes, agressivos, selvagens. Agora me lembro: Labo era delicado e real. Isso faz já tanto tempo! Pela primeira vez gostava de ouvir o que sua voz dizia.

• ...que bom. Você me revela verdades e eu sou um pássaro invisível e ele vai bicá-la intermitentemente quem sabe o fígado seu. Que bom.

• Pare de rir por favor; ela achava aquele homem grande dançando na sua frente um espetáculo grotesco, as pernas cabeludas imaginava por que dizia Que bom?

Nass olhos no infinito para. (Stella tinha a pele mais deliciosa que jamais provara, Nass um gorila um sacerdote talvez. Depois das tardes se encontravam, não naquele ambiente de veludo e luzes como a sala onde agora estava, mas num quarto alugado, é verdade que imundo abjeto onde baratas milhares dentro dos armários vazios. Ela a professora ele aprendia ou o contrário, ela não era ninguém ele sequer, mas isso não é relevante. O banheiro um cheiro crônico de esgoto e sujeira e isso não muda em nada o lado sublime da história, sabe o que eles faziam? Stella era deliciosa. Ele lembrando dos lábios daquela mulher acha que está outra vez beijando, este agora umas memórias esgarçadas; chega, nada disso mais há). Como uma vertigem ele volta para aquela sala veludo luzes onde hoje é o que existe e mais do que hoje, já. Consegue, a voz cambaleante, em resumo dizer: – Stella era uma grande mulher (Rhea estivera o tempo todo olhando para aquele homem perdido em pensamentos admirava temia) e eu jamais havia conhecido as cores o gosto e a luz. Comíamos em um único prato usando os mesmo talheres; à noite tínhamos os mesmo sonhos. É tudo. Finalmente contara a verdade; sentia-se livre.

Como se tivesse recebido uma bofetada violenta Rhea disse Isso talvez seja demais para mim.

Como se tivesse recebido uma bofetada violenta Rhea disse Sim, meu senhor.

Com o silêncio total passam-se anos de compreensão não se sabe quantos anos, muitos e se estabelece a verdade precisa em um curto centímetro de tempo. Rhea:

- Agora sei.
- Quero fazer loucuras com você me deixa.
- Desejava a dissolução e agora não mais; sinto-me bem neste lugar. Ela mesma se escuta dizer Vem aqui perto; queria ser aquela outra, desejando também aquele homem antigo dentro de si, ainda desconhecido mas sempre o mesmo, nunca mais outro sequer. Diz Vem; ouve-se; sorri. Veja que

depois de tantos anos décadas eu respiro eu posso gritar eu respiro.

• Como você é transparente, cristalina, nem sendo aquela mulher do princípio; obrigado. Por que pensei durante tanto tempo quisesse apenas destruir, desejasse as desinências perigosas, sempre significasse a maldição? Acho foi tudo um livro ultrapassado; um capítulo sem sentido, um sonho dentro de mim; não é, agora percebo, sei. Ele deixara de ser um fantasma com mãos superficiais para ser um centauro, um anjo diabo veja só seus olhos como mudaram infinito. Era leve.

Nass Nass; ela gritava.

Finalmente sim.

O relógio, o mesmo nunca mais, movera-se de sua posição mais primitiva – o tempo arrojado, esta hora outra como por certo nunca antes. Quem sabe qual?

Rhea fechara os olhos já não podendo mais ver.

Rhea os olhos fechados não precisava mais ver.

roteiro para um verão
que se passou

dear a.:
manhattan agora me significa uma janela por onde posso ver o *east river* lembrar nós dois no último verão o carro pequeno deslizando azul um dia quente a chuva súbita contínua sensação de felicidade você ali ao meu lado a estrada molhada a noite ao redor flashes de placas imensas palavras destinos que brilham *richmond* a tantos quilômetros *petesburg* perdidos não estamos indo a lugar algum. essas as melhores memórias que eu jamais existi. penhascos da noite flores sonhos bons naquele hotelzinho lembranças que se diluem já não sei quem sou. *Life is everywhere nashville columbus* você não está aqui o *east river* vazio eu só.

m. *dear*:
life everywhere, onde estará? procurei você em *oak creak canyon* ao sul de *flagstaff* apenas meus ecos, não estava. passeei sozinha pelos carvalhos

você me disse estaria ali talvez fronteira entre o *arizona* e *new mexico* não tem sentido cenário assim tão bonito só eu na região dos montes de *san francisco* não tem sentido. voltei para *chicago* de uma janela escrevo cartas frases quentes que se envelhecem como flores vejo o lago *michigan*, onde estará? relembro o verão passado. hotéis perdidos pelo caminho nós; hoje as minhas noites em silêncio eu resgatando um, outro momento, os diálogos já não consigo mesmo lembrar. eu que pedira espalhe minhas cinzas quando eu já não existir, isto é uma letra de música, você observa. isto sou eu, respondi. você um profundo como nunca antes conhecera sorria – as luzes se acendem – há estradas diversas eu neste cenário dirigindo um carro uma pressa interior que me consome é estéril, parando pelas praias às vezes da costa leste, pergunto por você, pensei mesmo ter visto um outro dia, olhando para o horizonte alguém, meu coração se acelerando, não era a mesma pessoa, somente uma impressão... vou a lugares fantásticos onde você não está nas dunas do vale da morte, *california*, *nevada*, não está por quê?

d. a.:

notícias sequer; mas continuo escrevendo. disseram você estaria no porto de *baltimore, maryland* quando cheguei já partira por que não pode esperar? verdade, eu não avisara; queria fosse surpresa passearmos pelo cais a água apagando o espaço de tempo passado levando o peso do que foi. *the evening sky*. tudo me remete ao último verão e agora a neve caindo e agora eu sendo torrado na *florida* nos laranjais onde trabalho insano o tamanho do sol. quando nos foi tal verão? sua voz acusando: nada há de nostálgico. *the twilight*. eu vejo flechas no ar as portas que se abrem fecham-se, estivesse você aqui me proveria as palavras certas sempre as teve teria. lhe escrevo: as palavras agonizam tombam desbotam e nunca respostas. vou para as planícies do oeste, em *nebraska* sinto quase absolutamente você estará por lá. me espere por favor não parta. eu. *snowfall*. *the twilight*. você.

m. d.:

apesar de não mais notícias eu continuo escrevendo continuo procurando você. alguém lhe viu trabalhava em uma fazenda nos montes *allegheny*, disseram torrava ao sol mais do que insano um tamanho imenso. já não estava lá quando cheguei. por que nunca pode me esperar? é bem verdade que não avisei, planejando talvez uma surpresa. talvez. e então estou aqui, perdida nas ruas do *harlem, manhattan* é um lugar inexpressivo sem eu ter você nada mais se completa eu confesso as noites são faltas de colorido você as sólidas fundações o leve, eu vergo ao mínimo vento brisa eu me desintegro. *springtime*. lembranças do verão passado já faz muito tempo. *colorado springs denver* remoto nós. quanta cena perdida por dentro dói são retalhos e eu lhe procuro eternamente não encontro. vagando pelas largas avenidas de *indianapolis* olho as cores do semáforo acendem-se sim posso continuar há estradas imensas são. quando eu chegar a *portland*, onde você realmente estará (sinto, sei) alguém dirá "não, talvez seja *portland* no *oregon* mas não aqui no *maine*, aqui não." que importância isso tem? conheço as dimensões das estradas não sei. *life is everywhere*. apenas você não estava mais lá.

d. a.:

talvez na próxima primavera. eu desesperado triste você nunca onde eu penso enfim lhe alcançar nem *chinatown san francisco*, nem *albuquerque new mexico*, nem neste lugar onde acabo de chegar só para ficar sabendo: sim, partiu faz muitos, alguns dias já. e eu aqui longínquo remoto num povoado de *san valley* em *idaho*, penso em você *the texas sunlight*, o tempo de atrás. exausto confesso. ao meio. nem mesmo as janelas algum conforto as paisagens insignificantes, por que este resistir? enfim ainda abro as cortinas. pudesse o abstrato cristalizar, verdades calma voz que não se precipitasse rasgando o que sim e o que não, semântica loquaz compreensão do vasto sem regimento bastasse encontrar você agora que apreendi o mais difícil de estar só, pudesse lhe entregar esta verdade eis o sentido. aqui estou. nós.

m.d.:
e eu chegando finalmente a *portland, oregon*. sim, cometera o pequeno equívoco, não faz diferença, você já partiu, teria partido de qualquer lugar. nem tenho assim tanta certeza esteve mesmo um dia por aqui. um hotel encardido é bonito o pôr do sol uma tarde infinita que se movimenta o vento sacode a paisagem, levasse o que dilacera no estar só. uma mulher cega na porta um cachorro na rua doente isto é uma história que eu li. pedras rebentam em uma pedreira aqui perto ou finjo que sim. o que será tal estrondo? esta a última vez seus passos

pelo corredor finalmente. espero na confluência dos rios *columbia* e *willamette*. do pacífico eu vejo barcos que chegam ao porto. de onde você virá?

"identidade, por favor"

Caminante, son tus huellas el camino,
y nada más.
A. Machado

Não, os documentos não estão nos bolsos de trás. Contudo, mesmo sem eles, tem absoluta certeza de que este é seu nome: C. Ponant. Onde, diabos, os metera? Draisa deveria saber, pois não era afinal sua mulher, pois não tinha uma gaveta imensa onde guardava os documentos todos da família, certidões, atestados, títulos? Não, não estava perdido! Saíra de casa há pouco, podendo ainda lembrar-se por que: Draisa não viera para o jantar, Draisa fora para um lugar qualquer distante uma tribo uma praia deserta onde iria morar em uma mansarda em uma floresta em uma abadia. E Ponant vira horas e horas se escoando, perdera a noção de quanto tempo; servira o macarrão e o vinho na esperança de que Draisa chegasse a qualquer momento, olhara a fumaça que saía dos pratos e depois esperara mais quartos de horas infindáveis e nunca se chamava à porta ou se girava a chave e se dizia "Voltei". A massa endurecida nos pratos um emaranhado inútil, o vinho quer perdera o gosto era triste e ele ali, durante o tempo infinito, no mesmo lugar.

Não, o telefone não tocara. Por isso fora necessário sair, por isso saíra, para respirar um ar melhor e ali, enquanto descia as escadas, pensou "Seria bom ter trazido um documento". Daqui a minutos a cidade, quem sabe pessoas com quem conversar, perguntar as horas, distrair-se. Por que Draisa fora embora, pergunta. Seus sapatos percutindo as lajotas a cada um dos passos, um barulho incômodo. Ponant no escuro, ele e seu próprio som tão sós. Ah, daqui a pouco um ar fresco, único, a umidade da noite; deve ser de madrugada já. Compraria um maço de cigarros, podia até sentir a tragada, o fumo penetrando nos pulmões como era bom! Bastaria apenas descer mais um lance daqueles, talvez dois três. Portanto desce. E já descera talvez oito dez treze vinte e cinco. Melhor contar. Esses degraus parece não acabam nunca! Contava. Devia descer. Descia. Estava cansado; parar? Não, não estava tão cansado assim. Precisava de ar. Engraçado, estranhamente ainda não vira janelas ali. Os degraus se acumulando as distâncias os números. Melhor esquecê-los. Apenas continuar, prosseguir. Para onde estava indo? (já não se lembrava das ruas com tanta nitidez, mais preocupado em descer). Precisava de ar; está bem, já disse! – repreende-se; não deve perder a calma. Não aguento mais! (desce...). Uma janela finalmente!

Não abre! Não pode ser, preciso olhar para fora, preciso, preciso; vou quebrar o vidro; cuidado para não cortar a mão; diabos! Não foi nada, só um corte pequeno, não, não está doendo tanto assim. Agora poderia finalmente olhar para fora. E olhara. E nada havia: cimento; um prédio vizinho ali construído lhe roubava a possibilidade de uma paisagem qualquer. A mão sangrando um pouco mas isso não faz mal, pensou. Respirou o que foi possível de um novo ar. Prosseguir. Não ouve um som sequer que não aqueles enfim tão seus. Já não consegue lembrar por que descia sabendo com certeza apenas que era necessário descer. Dizia constantemente seu próprio nome: Ponant. Ou será Philys? "Quero sair daqui", pensa, sussurra, grita. De maneira incisiva a frase lhe traz desespero. "Meu Deus, há quanto tempo estou procurando a saída?" (dias?). Toca seu rosto. A barba crescida. As costas doem; a garganta está seca e só o que ele quer é sair dali. Por isso está descendo freneticamente as escadas até que compreende que mais seguro fosse talvez voltar, subir novamente portanto.

Ninguém a quem perguntar "Para onde ir?" – como é difícil estar só neste corredor infinito de degraus. Lembrava-se vagamente "uma vez uma janela", seria verdade? Subir estava se tornando cada vez mais difícil, aquele ruído incessante dos sapatos uma tortura, deixaria os sapatos ali. Melhor. Subia. Cada vez mais cansado tinha que subir, dizia para si mesmo "Tenho". E então subira por muito tempo, para subitamente acreditar: "estou errado; acho que subi uns lances a mais". (Muito embora não tivesse chegado a lugar nenhum). E então descera novamente. Como estava escuro ali! E descera e descera. E então acreditara que estava errado e subira; e descera dizendo para si "Tenho". O tempo passando, tanto tempo, melhor não subir jamais pois poderia encontrar aquela porta outra vez. E se Draisa estivesse por detrás da porta; não o reconheceria por certo, a barba crescida, o cabelo desalinhado, as mãos que lhe tremem. Ouviria Draisa perguntando: "Onde esteve durante este tempo todo?" e não saberia responder, pois onde estivera realmente?

Nunca mais subir portanto, pois e se encontrasse a sua mulher, Draisa, nunca outra vez por trás da porta o macarrão envelhecido nos pratos uma escultura a mais horrível? Não! Descer infinitamente até alcançar a rua onde poderia perder-se na multidão.

E se um guarda lhe pergunta "Por favor, seus documentos". Meu Deus, o que fazer se o guarda definitivamente lhe perguntasse: "Moço, senhor, por favor seus documentos"; e eles não estão nos bolsos de trás da calça, e eles não estão, e ele está sem sapatos, a barba, então não pode ir jamais para a rua; e se um guarda lhe pergunta? "Preciso manter a calma". Para. E Draisa está outra vez na sua frente (ele já não pode acreditar) e lhe diz: "Vem", como se nada tivesse acontecido. E talvez nada tivesse de fato acontecido; ela era a mesma e ele. E não havia tempo desenrolado entre os dois. O tempo doente era nenhum. Sussurrava Draisa Draisa. Umas lágrimas de desespero quando não há resposta, apenas sua própria voz perdida ("Draisa"), ecos que não vão muito longe; soluços. Ora, jamais optara por Draisa (ele mesmo tenta explicar o que acontece), jamais – e agora respirava o ar perfeito da rua, pois escolhera com certeza a rua, desprezando por completo a porta lá em cima onde estaria ou não aquela mulher. Jamais hesitara; sem dúvida era muito muito melhor estar ali no meio das pessoas que se agitam, livre afinal! Não era aquele ar macio que sentia agora em seu rosto o que sempre tanto quisera? Ou seria melhor o colo eterno de Draisa, aquele corpo o mais quente que estava lhe implorando "Vem?", bastava subisse mais alguns degraus finalmente? O corpo de Draisa. Subir? Subira. Draisa os olhos mais preciosos beijava. Mentira, Draisa não estava lá nada há além do vinho de gosto nenhum. Descer! E se o guarda lhe pedisse os documentos, o rosto que já não tem, e se Draisa não o reconhecesse? O que enfim responder? Seu nome seria mesmo Ponant ou Renard?

Senta-se em um dos degraus.

as folhas depois que caem

(α)

ruídos; seriam os ciganos que rompem a noite para nos roubar um dos cavalos? eu formulando escorços que mentem uma ilusão de fato apenas meu coração violento agora sonoro onde se movem incongruentes flores de vidro serpentes os tempos dos verbos no passado parágrafos envelhecidos hipóteses de se dizer "pois", de se ter dito "pois sim". bramidos flamejam o silêncio tão nenhum. são deuses se amando invejo seus corpos se amontoam as cadências que se multiplicam os modos maiores menores graus sem resolução. escuto sei que respiram ofegantes. acho que são os lobos que se aproximam; seriam houvesse lobos deste lado da rua e além de tudo a neve, a neve teria congelado suas pegadas as nossas você já não sabe voltar. meu peito onde chamas se movem sinto-me rondó réquiem as chamas: falo seu nome mais baixo. as chamas: delas o produto do que sou. um labirinto coerente. não posso parar porque atrás vem uma manada um supremo sacerdote um gari com uma vassoura eficiente não posso desistir porque detrás da vidraça embaciada um outro dia ontem vi você que hoje vem.

\ I /

há lapsos. você me diz. eu digo. seus óculos escuros escuros sobrevivendo. meus. subir descer escadas. tentar esquecer. esquecer. tentar. quem sou quem és? você os olhos cinza gritando não ouço. eu não ouço? ninguém mais capaz. digo silêncio. não há. espero um movimento espero. você que abre o jornal. eu olhos baixos um mal-estar por dentro visse pudesse mostrar vê só que amassado eu disse aqui dentro. aí. a sua pele mais antiga que pinta finge pretende; a minha pele não melhor que pinto finjo pretendo. como encarar? passos subir descer escadas ladeiras. palavras nada a dizer. um sol entrando pela cortina, há pombos em cima do telhado eu inventei que projetam ritmos sobre as telhas. folhas que caem. graciosa dança há talvez. um sol. os olhos que se consomem queria dizer que se consolam. com quais cores eu ando? que caule me manifesto? que estático é este mais meu? mandrágoras. por que estariam aqui? palavras sem significado. vou embora? eu. palavras sem significado. meu nome o seu. enfeites. seus longos cabelos loiros ruivos negros. minhas mãos usuais. o lado bucólico trazido pelos pombos que crio. vou embora. uma interrogação (?). nenhuma sequer.

(α) queria abraçar você não posso meus braços são peças de cera de mármore não de gelo. são complexos de um gelo que não derrete uma estátua.

\ I / precisava ver seus olhos preciso não vejo. nós de costas há uma renda entre mim e você. a noite tem uma essência dinâmica que penetra faca voz. eu lhe desejo. a essência da hora. isto não é muito. isto não é nada. precisava de mais. e nós estamos de costas você parece saber. infere. diz que sim.

(α) giz. os braços. a alvorada. giz. o discurso: as horas que passam apenas. melodias galhos folhas que são arrastadas ouça folhas que vão sendo arrastadas. isso a manhã? isso o silêncio das horas mudas pálidas inconsistentes? não aventura este assim, queria mas não posso mas não posso?

\ I / há sombras dentro de nós, restos, tropos envelhecidos. há litros de bebida forte, de tecido branco macio talvez em nossas veias potencialmente as poses; uma cortina de renda, gaze, este silêncio.

α) você fala eu respondo você responde eu respondo você eu respondo falo você pergunta eu digo ninguém diz eu pergunto pergunta você eu.

\ I / sim, existem apenas as superfícies.
sim, as superfícies
sim, existem
sim,
sim.

(α) posso preencher os
interstícios com flores maduras colhidas já ou com o som das interrogações ou com o som dos insetos perdidos no calor da noite; posso preencher os interstícios de muitas maneiras formas com frases frases frases que nunca acabam havendo um infinito gigante imenso maior do que se imaginou as palavras aglomeradas muitas que sejam flamejantes incandescentes faltarão ainda as-

sim – o interstício imenso infinito gigante. maior, muito maior. tragam outras mais. diversas. todas. conjuguem. tragam mais.

\ I / não adianta você vai embora não tocará jamais meu corpo não tem braços que não se esfarelem (estamos de costas).

(α) existem muitos títulos...

\ I / todas as manhãs tento acreditar hoje verei você basta mover um pouco um pouco um pouco um pouco um pouco um pouco só a cabeça.

(α) muitos...

\ I / por que falo sobre mim?

(α) por que falo sobre mim?

\ I / por que não?

(α) por que não?

\ I / queria abraçar você não posso meus braços são peças de cera de mármore, disse de gelo.

o inominável sermos nós

Love, these mixt soules, doth mixe againe,
And makes both one, each this and that.
                                J. Donne

Marina simplesmente respondera "Sim, está bem" pois ele lhe telefonara dizendo "Daqui a quinze minutos..." e ela iria por certo, estava indo, como tantas outras vezes: aquela voz incisiva doce invadia Marina, ordenava, lhe fazia sentir arrepios, sim, ela iria, mesmo que Cirilo, seu marido, a encarasse, o olhar pesaroso de quem não compreende o que acontece – soubesse explicar, ela mesma o faria. "Preciso sair", é o que diz, sem nem mesmo olhar para aquele homem ali sentado, os lábios cerrados. E Marina sai. O ar da rua instaura uma outra realidade; censuras veladas talvez; ela concorda: "Sim, tudo isto é loucura", mas o sorriso indisfarçável no rosto uma contradição; justifica-se: "Um encanto; não sei!" Pois não esperara o dia inteiro pelo telefonema? E agora como se recebida uma ordem estava finalmente indo. Sim. O vento lhe agride o rosto, ela já não sente. A interrogação, o olhar doído de Cirilo já nem lembra. Os olhos umedecidos brilham os lábios tremem. "Em alguns minutos ele me abrirá a porta".

....

Desde a primeira vez que ele a convidara para entrar Marina soubera: estava cingida para sempre àquele cenário, pertencia àquele apartamento, às cortinas sem cor, à poeira irreversível dos cantos, soubera desde a primeira vez. E ele dizendo "sente-se", o olhar azul transparente, nada que fosse um limite, ela já está à vontade, por dentro vibrava, emoções tão inusitadas, as pernas tremiam toda vez que pensava no que estaria fazendo ali com aquele homem quase desconhecido. Segredos no ar as evidências escoando. Os móveis aquela cumplicidade, as cenas veladas por explodir, mistério onde não há juízes. Leveza. Faltando o último passo. O primeiro. A mesa com os pratos melhores ele tentara arrumar, mas não havia dois pratos com a mesma estampa; ele ironiza: "louça inglesa legítima", os pratos lascados, não importa: ela sorri. O inseto que descreve círculos doentes desesperados no ar, ela observa. "Estou definitivamente ligada à trajetória deste voo".

Pergunta a ele: "Quer ajuda?"; voltando da cozinha ele traz uma travessa com não sabe o quê; ela fixa o olhar na toalha de flores impecáveis, sim, era nova, sim era absurdamente nova; tudo mais ou menos triste mais ou menos de se extasiar de alegria. Marina confusa vontade de chorar emoção demais o proibido aquele homem o encanto, aquele homem que se esforça para lhe oferecer o melhor. As paredes a cor indefinida; o preço do vinho na garrafa; insetos não planejados quebram a pretensa perfeição do ambiente, negam brilho à beleza. Mas o momento não tem peso. Comeram quase que nada; a história da noite são os lábios o vinho os olhares se procurando; sentaram-se no sofá de listras largas e havia estrelas a janela pequena imensa mostrando, e contaram histórias um ao outro (enredos um tão sensível o maior vazio, banalidades), algumas lembranças para serem segredos, outras desimportantes, às vezes ficando sérios, às vezes rindo e tomavam vinho e ela lhe contou sobre o casamento e a infância e um cachorro vira-lata que tivera e uma viagem ao nordeste e um namorado que jogava tênis e um quadro de bailarinas que comprara e ele falou sobre o tempo da faculdade e sobre uma perna quebrada num inverno e sobre um romance de García Márquez e sobre um relógio empenhado, mostrou umas fotografias, leu dois poemas de Montale, o disco canções repetindo-se no automático são verdades desnecessárias, alheias, que nenhum dos dois sequer escutando, bebiam o vinho vermelho e ele diz "Você assim tão bonita" e ela um pequeno sorriso e de repente as histórias se acabam, um silêncio invade a sala o apartamento o universo; ele senta-se mais perto, ela estremece, ele senta-se mais perto ainda e ela já não se importando.

. . . .

Alguém saindo do elevador. Sim, é ela; escuta os passos no corredor. Ele abre a porta, que mulher linda, admira; diz para si: minha. Que perfume ela chegando invadindo o apartamento (Maior talvez do que posso, ele se interroga, como enfim poderei?). Ela sentando-se de lado no sofá, uma saia de flores delicadas, ele deseja "queria fossem para mim". Ela fala sem parar "como está abafado aqui, não acha? o engarrafamento; que bonito o céu àquela hora; mais tarde será que chove?" mostra onde deixou estacionado o carro, "Vê? Bem ali." E ele olha apenas para o imediato mais quente que é a pele dourada, o ombro nu de Marina, ela diz "Chega de tanto falar!", tem os olhos mais tímidos do mundo, uma menina que se confessa, a mulher mais evidente. E está ali. A tarde flameja; estarem juntos outra vez o que será? Silêncio; nenhuma profanação. Ele secretamente começa por desenrolar surpresas, convida "Deita aqui no tapete comigo", os movimentos estratégicos; simula distâncias, desinteresse e Marina acredita que ele não a quer, se desgoverna mais de desejo e ele sabe perfeitamente o que se passa, faz parte do enredo que magistralmente domina porque enfim é o artífice, o mágico: quando se aproxima do corpo com saia de flores, os pensamentos dela escapam pelo olhar que reclama as mãos daquele homem nas suas costas, o que ele finalmente projeta num absolutamente sem pressa, princípio de tanta vertigem, sagração. Ele retardando os movimentos: o animal surpreendente onde estará? É o que ela pensa. Tudo tão apenas aquele suspense provisório, uma armadilha para mais incendiá-la e ele um leopardo simulando o cisne, o orvalho, se agita: "Como é perfeita esta mulher" e uma vez mais: "Minha".

Àquela boca que investe ela responde, imóvel e a mover-se sim – o corpo treme. Ele por dominá-la, o previsível, demora-se ainda mais retarda-se desabotoando botões remanescentes com cuidado, cristal, sereno. Ninguém nada diz, ela suspira. Ele é ousado; ela ri, os olhos semicerrados, diz o nome dele que agora lhe levanta devagar a saia, as flores cedendo lugar aos beijos. Perfume que mais alucina, ele uma sede. As flores tão tanto para ele e para ele só, ele obedece: nunca mais senhor e para sempre.

....

Marina enumera diversos motivos, prega a necessidade de razão, tem argumentos plausíveis, consistentes, mas quando acaba de falar ela mesma já não acredita em suas próprias palavras e se pergunta: estar com aquele homem, como? verdade, com equações elaboradas tentara provar: loucura continuarem com esta história absurda; sim, Cirilo já sabe de tudo; sim, hoje a última vez que venho aqui. Abraços e a porção de lógica prova-se frágil e se desintegra, ínfima, débil, menor; é mais do que impossível separarem-se ele sabe, e entre beijos desesperados diz, "loucura" e ela que também sabendo, entre beijos desesperados responde "sim". E de nada adianta o discurso, pretensamente eficiente, sobre a necessidade do partir – tão sempre ficara e Marina fica. Conhece a história das noites, mistérios que se desenrolam, teias, os corpos conversando em língua particular sabe o que se anuncia. Sempre quer.

Por compreendidos os olhos ardentes de Marina como consentimento, ele desliza uma das muitas mãos pelo seu corpo, desfia carícias corajosas, investiga recantos, acreditando que o tempo no amor não passa. Empenho em medir aqueles contornos, ele pensa: que nem os medisse, por já sabê-los tão de cor. Talvez a última vez que ali estavam ("Cirilo") e ele não tem soluções mágicas para apresentar, não disse jamais as teria. Marina se despedaçando nos seus braços, a delícia que se assume, a presença do adeus no ar, triste. Ele chora por dentro ele quebra, pelo tão lindo que não compreende, pelo tamanho real desconsolo. Beija os olhos fechados da mulher, cúmplices daquela maior aflição – haja algo mais triste e mais belo do que as histórias de amor que não se podem, ainda não se enfim nomeou. Então ele a aperta contra o peito uma força inútil – é uma mentira que o tempo no amor não passa; ele quer trincar o momento; pudesse repartiria aquele corpo em muitas metades para proteger uma a uma defender glorificar. Porque costumava ser tão seu.

. . . .

Agora a última apresentação. O silêncio maior. As vozes que não existem são apenas ecos antigos. Talvez a escuridão condene absolva; o que há por exagero. Sobem lentamente a escada. Sobem violentamente a escada. Avançam. Investem. Apertem a campainha não estarei. Por que esta boca tão grande? Fome. A maior. Por que estes olhos tão grandes com tanta vontade de olhar? Para arderem um bem mais; é por causa das órbitas que já eram dilatadas desde o princípio já eram enormes. Pra que este relógio de pulso este mapa: para espetar os alfinetes as cabeças coloridas representam a diversidade. Foi só uma ideia que tive. As conquistas. Este cobertor de lã? Não sei, juro que não fui eu. Fui sim. De certa forma fui. Ontem morreu aquela cantora que dizia Maybe. Amanhã você vai me trazer um presente um embrulho um par de botas silvestres um par de abotoaduras uma cantiga vai dizer Já passou Já passou. E hoje e hoje? Vou contar carneiros, magros e obesos, cultos e destituídos do cargo. Carneiros com o olho roxo de tanto cometerem o mesmo erro. Vou contar leopardos famintos, valas, dragões de jade. Escrevo pra você e digo – Vem? Mas isto não é uma história de aventura, nem um romance, nenhum. É só uma datilografia. Onde não há heróis. Eu me rendo. Há uma ausência efetiva de heróis. Por quê? Ora, afinal há um você aqui comigo embora o rosto e a voz desconhecidos há alguém aqui. É só uma datilografia, repito. Vou receber um prêmio por ter denunciado traças que comiam livros, até aqueles de capa dura, imaginem!, comiam implacavelmente livros e mensagens. Sim, eu as denunciei às Autoridades; sim, Competentes. Isto uma metacomposição sobre o ofício, fiz menos do que a obrigação. Muito menos. Agora vão me conceder um prêmio, um total em dinheiro, uma medalha, uma carta de recomendação, um acróstico, um troféu com uma mulher alada em cima. Meus sapatos novos novos, aptos para as solenidades brilhantes vão ficar molhados com lágrimas do povo, suas lágrimas da mais profunda gratidão, reconhecimento, louvor. Parem, parem com isto! Ora, não tenho nem palavras... Vocês é que me deixam assim. Discurso? Claro, pois não: vou dizer apenas "Afastem-se; tudo fiz por amor, digo tédio, tudo fiz porque no fundo não passo de um grande. Talvez dos melhores". Valeu o esforço. Por que vai embora? Não aguenta alguém tão aborrecido assim falando assim falando? Ah, vai apenas à cozinha apanhar um suco de tomate uma betoneira um lenço de zibelina uma granada de mão uma aspirina um batel. Já viu as manchetes, já viu as interrogações nos finais das frases? Ah, é uma pessoa séria? É eu sei; também já fui antigamente, quando não tinha tantas encomendas esperando tanta demanda de fato. Antes do ontem fugidio. Antes do ontem apressado tão de luto. On-

tem morreu aquela cantora e decretaram estado-de-
-sítio quem vai dizer maybe maybe? O reitor se can-
didatou, o pároco, o vigia que estava desempregado,
o alfaiate, aquela que fica na janela da esquina o dia
inteiro sem fazer nada mesmo, o deão, o amanuense,
o vendedor de revistas antigas, não deu certo; queriam mesmo era a cantora que tinha morrido. Morrido completamente. Não é fácil contentar o povo,
digo, público. Cansaço ela teve, declarou. Talvez.
Esta uma das verdades disponíveis. Prefere de bau-
nilha com bolinhas roxas de tanta friagem de tanta
frialdade; prefere sem sabor prefere amarelo-mar-
melo, duro como uma vara, como uma vergastada,
duro como lembrar de antigamente, agora? Você
me deixa mesmo assim, triste. Está bem, é culpa do
novilúnio. Culpa do chasquis longínquo talvez até
vagaroso demais, que morreu antes da entrega completa da mensagem (e eu que quase disse da mentira, imaginem!). Para onde derivados os sentidos?
Que mais ninguém se preocupe, a culpa nenhuma,
são fatos uma estratégia que sucumbe, falha uma
tatuagem que desbota, uma flor que não envelhece
incomoda. A culpa tão mais sem passado, mais fácil
esquecer o movimento.

Um gato atravessa o tapete lentamente – isso
ficaria bom num filme até parece que é, embora

não pudesse jamais efetivamente: aqui não há espaço para sentimentalismo e nem tempo e além de tudo não se admite animais com mais de três patas neste recinto. Desligado o rádio o disco a fita sei lá eu o quê – a voz que se ouvia não há mais. A voz que dizia nem verdades, apenas a possibilidade, já não há. Escrevo pra você Será que vem? Peço. Suplico. Quem chega é um rosto que diz Oi, quanto tempo! e a mesma coisa eu respondo. Você é uma pessoa séria e eu também não. Viagem. Aventura. Emoção. Uma tarde vazia. Um parágrafo a mais. Só uma datilografia. Quer ver a minha medalha gigante a minha coleção de borboletas sorridentes o meu real invisível? Como pode dizer that life is not easy? Por que esta venda tão grande? Vamos fugir finalmente ficar. Tenho um alicate para cortar o arame farpado as correntes a impossibilidade de permanecer apenas aqui.

Pra que este m tão grande para dizer maybe.

caleidoscópio

(♀)

ingenuidade este assim – eu conservando ares de primavera num vidro sendo que chove e apenas chuva pela janela a água mais que evidente, a água mais do que interminável por dentro de nós também. quarenta, cinquenta dias de chuva o que fazer? histórias eram inventadas para se desincumbir da voracidade do tempo: Boccaccio, a peste; Chaucer, o agradecimento. aqui onde nada acontece constroem-se frases muito ruins – umidade.

(📊)

falamos sobre o dentro remoto de nós. chove cada vez mais e com certeza o teto vai desabar sobre o meu nome e com certeza alguém há de dizer: "ora, já vi isto antes!". a água pela vidraça ontem duzentos dias atraso, a mesma água, ninguém jamais diferente; é claro que já se viu isto antes.

(▧)

confissões feitas ao silêncio são cruelmente devolvidas rejeitadas pelo próprio. e se um vírus letal como naqueles filmes antigos generais ingleses contraíam quando da estada na África? eu conseguiria descanso?

(▤)

palavras desconheço que revelassem aqui por dentro arde e na verdade nada acontece estranha topografia sem relevos, sentenças desconheço que ilustrassem aqui por dentro chamas você tão longe nem sei onde; onde? e se viesse? e se voltasse? seríamos quem? antes. depois. qual? flores pisadas flores que jamais não são. por que pretendo flores se pó?

(▥)

o teto o horizonte um quadrado um círculo minúsculo uma zona de demarcação violada um retângulo esquálido um quadrado outra vez eu vejo o teto só isso. uma armadilha pensar. desfilam frases cada uma melhor construída em termos de forma de ritmo em termos de coesão de estrutura, bravo! mas não servem. como assim? não servem. foi o que se disse. eu sinceramente sinto muito.

(⠿)

descubro a Terra da Rainha Maud está no mapa pudesse fugir para lá. melhor dormir até amanhã muito tarde acordar os olhos pesados. são os sonhos. qual será o mapa do mundo que apenas finge que existe? deve ser um gráfico invisível, embora todos extasiados acreditem: perfeito.

(▨)

eu disse "pago para ver" então me trazem seu rosto uma cabeça na bandeja eu nunca compreendo. é mentira. a sua voz domina o que eu prometera nunca mais pretender e isto me acorrenta me liberta. agarro você sendo; usar seus olhos para mim suas mãos poderosas, suas poderosas mãos que tanto me fazem tremer. fingindo que não percebe, agradeço.

(⌸)

eu criança vi uma mulher tocando piano, uma música triste; o rosto uma máscara lívida, o olhar distante e velho como o que eu escutava. de repente para e me diz: "este dó não toca"; mostra-me a tecla. sai. da música não me lembro da mulher. lembro-me apenas do som daquele dó que não tocava.

(📱)

como um táxi um trem para Nova Cali para Málaga para Majorca onde Chopin tentou restabelecimento. tomo Cafiaspirina pois alivia e levanta as forças não affecta o coração nem os rins. o seu segredo desvendado estou defronte: 30, rue du Bourg-Tibourg 75004 Marais onde uma maison de thé, com 300 variedades de chás vindas de todas as partes do mundo.

(⊘)

fale-me sobre a surpresa os pássaros que estão tão quietos escondem segredos ou vazio por que já não respira? a árvore sem defesa o machado eu sou um vaso tripartido e isso é bonito pelo menos sonoro. ouço seus passos nas pedras você fugindo voltando. sua camisa se infla com o vento que envolve também seus cabelos os olhos semicerrados. as plantas explodem porque têm vida e aves riscam o céu as cores indecifráveis trazem um difícil e um fácil depende de como se pode apreender.

(▪)

os homens do neolítico pintavam bisões crivados de flechas com a intenção de atrair suas presas para as mais sigilosas armadilhas. você e eu e ele e ela os pedaços de ontem amanhã o que li o que vi o que leu o que viste viu, nós esta tinta ainda igual melhor pior.

(▲)

papoulas vergando-se ao vento rasgam-se as tardes normais rasgam-se as noites os silêncios as mortalhas rastejam os mais do que absolutos. bisões crivados de palavras a imagem atrairá o destino; pudesse eu, se eu pudesse, manejaria determinado o melhor...

Sobre a autora

Luci Collin é ficcionista, poeta, educadora e tradutora. Graduada no Curso Superior de Piano (EMBAP - 1985), no Curso de Letras Português/Inglês (UFPR - 1989) e no Bacharelado em Música - Percussão Clássica (EMBAP - 1990). Tem mais de vinte livros publicados entre os quais *Querer falar* (Finalista do Prêmio Oceanos 2015), *A palavra algo* (Prêmio Jabuti, poesia, 2017), *Rosa que está* (Finalista do Prêmio Jabuti 2020) e *Dedos impermitidos* (contos, 2021, Prêmio Clarice Lispector – Biblioteca Nacional). Participou de diversas antologias nacionais e internacionais (nos EUA, Alemanha, França, Bélgica, Uruguai, Argentina, Peru e México). Na USP concluiu o Doutorado em Estudos Linguísticos e Literários em Inglês e dois estágios pós-doutorais em literatura irlandesa. É professora aposentada do Curso de Letras da UFPR e atua na pós-graduação em Tradução Profissional da PUC-PR. Já traduziu autores como Henry James, Virginia Woolf, Gertrude Stein, E. E. Cummingse Seamus Heaney, entre muitos outros. Ocupa a Cadeira 32 na Academia Paranaense de Letras. Pela Arte e Letra já publicou *Estarrecer* (poesia) e *Com que se pode jogar* (romance).

Este livro foi produzido no Laboratório Gráfico
Arte & Letra, com impressão em risografia e
encadernação manual.